아침달 시집

하이햇은 금빛 경사로

나혜

시인의 말

나 너의 헤드기어 되어

2024년 봄

나혜

차례

1부

2부

3부

부록

1부

스틸

지하철 타러 갈 때
찾아봐

나타날 거야 아주 작은 철문
흠집 하나 없이 단정한 네모
누구의 무릎보다도 낮은 곳에

도망가고 싶어질 수도 있겠지만
일단은 생겼으니까 박수를 막 쳐
뜨거워진 손바닥을 가슴 위에 올리잖아
그래 이거잖아 맞잖아

거기서 만나는 건 끝없이 아래로 떨어지는 허공이 아니야
이 속의 어둠은 혼돈이 아니야
알지 못하고 부른 거야
그랬더니 와버린 거야
묶음
연결

그슬린 속
살아서 커지는 구멍
여기 도시 바탕 못

나 너랑 함께 있어
버릴 것이야
너랑 함께 있어
이렇게 늦으면 안 돼
불을 켜둔다는 건 기다린다는 거지만

구슬 쏟아지는 소리 들리고
만약에 그 구슬을 깨물면 박하 향기
꺼내서 귀에 꽂고 몸에 바르고

있어
또 생겨
너의 팔뚝이 약하지 않으니

찾아봐
생길 거야

더 작은 회색 문
서슬 퍼런 작은 회색 문

희게
만지네
희게 되는 때까지

안와운동

　귓속에서 끊임없이 두두두두… 폭설… 파묻히고 있습니다 두두두두 곧 있으면 아무것도 보이지 않게 될 거예요 두두두두 그래도 당신은 나를 알아내고야 말겠죠 결국 모든 것을 두두두두

　제자리 비행을 해
　잘은 눈들이 부서지고 날아가고
　그 속에 숨어 있던 아스팔트를 발견해

　사로잡힌 것들이 너무 많아서
　수평이 기울어지고 있으며

　나는 이게 파티 같아
　내 몸은 나를 떠나 저 멀리 창공에 있고 뒷목엔 서늘한 그늘이 들어찼어 땅의 것들은 수천만으로 분열해 그들은 울면서 소리쳐

　　　　　"나도 느꼈다"

그것들을 붙잡지 않으면 안전할 수 없어 나는 오른발로 왼발의 양말을 다급하게 벗겨 더 갈 수 있어 회전날개가 위아래로 부딪치면서 기체가 흔들려 나는 이게 파티 같아 조종석에 매달아놓은 갈런드 팔뚝 아래 프린지 풍선을 터뜨리면 꽃가루가 터져서

나는 푸르고 단단한 원통의 목소리를 가졌는데
정신의 절뚝거림이 점점 더 하늘에서 돌아
거꾸로 돌고
희박해지고
눈 감을 수 없고

이 헬리콥터는 마사토의 공허를 이해합니다 이 헬리콥터는 등뼈의 나약함을 이해합니다 이 헬리콥터는 시작의 절망감을 이해합니다 이 헬리콥터는 어깨를 감싸 쥔 손의 파괴력을 이해합니다

정류장은 성전 그곳엔 끝날 때까진 다다를 수 없는바
이 땅을 샅샅이 뒤져 찾아낸다

결국 나를 덮을 커다란 천

온몸의 구멍을 막아버리는
피부를 억눌러 끝내는 눕히고야 마는

나는 이게 파티 같아

깃

슬플 땐 발톱을 뜯어
이 방에 선풍기 고개 돌리는 소리만이

얇은 구름을 볼 때마다 절망하게 돼 몸통 사이로 햇빛을
전부 비춰내는 장면을

장롱 위에 앉아 있는 인형들의 코에서 자그마한 사람들
이 쏟아져 나온다
자그만 사람들 발톱 부스러기를 들고 선풍기 날개 속으
로 뛰어가 부서진다 가루로 가득 차는 방

그때 창문을 통해 날아온 화살이 나의 목을 꿰뚫었다
날아온 방향을 알아채는 것만으로도
그것으로 안심해

여름 오전의 햇빛
거짓말은 다 노랑색

이 집의 모든 것을 무식하게 터트린다
귀가 멍멍해진다 나는 잠기고 있으므로
캐터필러가 흙탕물을 튀기며 굴러간다

도망가지 않아 누워서 두리번거릴 거야
그럼 저절로 상상이 돼, 나의 미래는 **그것**이어야 한다 비
슷한 것도 아니고

근데 가만히 영화를 보는 데 너무 지루하더라
좋아하는 배우가 나오고 러닝 타임이 두 시간도 채 안 되
는데
내내 노래를 부르면서 봤어 영화도 시끄럽고 나도 시끄
럽고 전화벨은 울리고

내일은 너무 멀어
…까지
끝까지

나를 여기에 둔 나를 떠올린다
여기에 나를 뉘어두고 불을 끄는 나를
나의 다음 외출 일을 정하는 나를 나에게 길들여진 나를
다 끌어안았으니까

가능한 가장 하얗고 투명한 종이를 마련해
손톱으로 바짝 눌러 네모와 세모를 접고 순서대로

구멍에 숨을 불어 넣는다
푸닥거리며 만들어지는 종이 공

공의 테두리를 만져보다가
공중으로 띄워보다가,

이렇게 됐군
뭘 하려고 했는지 잊은 채로
뭐가 되었는지도 모르는 걸 내게 보이면서
흥얼거려

조금만 기다려
조금만 더 시간을 끌어줘
여기로 끌어서 가까이와 비춰줘

질쏘냐
질쏘냐
질쏘냐

신호

와 정말 토하기 싫어
아깝잖아
우리는 비상구 옆자리에 앉아서 말하고 있다
연패라는 말을 어떻게 받아들여야 하지?
사전과 시를 읽는 것으로 한참 모자라다
그러니까 다 가져와야지
뺏기지 말고
코끼리 한 마리가 종이 위에 앉아 있다
그를 위해 종이를 데울 것이다
비누를 풀고
말을 걸 것이다
더 오래 당신의 얼굴을 만지다 보면
지금보다 더 사랑하게 될 수 있을까
이 비눗방울을 지우려면
바다를 끌어와야 할 텐데
지구의 바다는 동났고
무거운 코트를 걸치고 뛰어간다
세밀함이라고는 찾아볼 수 없는 비썩

마른 숲

깊은 숲

더 큰 숲 지나

당신의 등 뒤에서

자목련이 무섭게 피고 지는 것을 본다

날개로 변하는 것을 본다

계속 추우려고

우리는 머리카락에 반짝이는 실과 꽃으로 땋은 향모를
잔뜩 걸고

너무나 편편해서 하늘로 걸어가고 있는 것처럼 보이는
언덕을 뛰어간다

송전탑은 항상 그런 모양새

어딘가 끌려가는 것 같지만

아닌 채로

우리의 몸은

점점 처져서 힘을 잃고

허벅지부터 발끝까지가, 발끝으로 느껴지는 거대한 땅
이, 우리의 무게처럼 느껴지고 있어

향모는 노랑색

초록색 분홍색 보라색 파랑색

흔들리니까

빨갛게 보여

버틸 수 있는을

버틸 수 없다고

내가 부숴를

내가 지켜로

바꿔 부르는 우리가 싫어

종이를 데울 거야

네 손가락이 젖어서

종이를 울게 만들고 있다

신년쾌락

나는 나를 닫지 않고
닫지 않기 위해 누워 있으며

　콘센트의 구멍 두 개를 노려보면 그 속에서 솟아나는 무
수한 전신주 전깃줄에 몸을 전부 내다 걸고 싶어 여긴 기차
소리가 크게 들린다 열차에 앉아 밖을 바라봐 진하고 뜨거
운 차이를 마시며 가볍지만 축축함이 분명히 느껴지는 담
요를 덮고 발가락을 끊임없이 꼼지락대면서 나는 개활지에
서 있다 당혹함과 개운함을 감추지 못한 채 떠나기로 결정
한 거면서 쫓겨났다고 생각하며
　다들 어딘가로 갔어 가 있다는 이야기

　축하를 해야지, 거긴 공기나 물이 아주 좋은 것 같다고
만날 때마다 나쁜 일만 생기는 사람을 더 이상 만나지 않아
도 된다고 시도 때도 없이 배고플 일도 없다고 네가 돌아오
는 법을 잊었어도

　이 손으로 만든 잘못을

이 손으로 고쳐야 하니

자갈 밟는 리듬만으로도 누구인지 알 수 있어서 어떻게
하면 소리 내지 않을 수 있는지를 깨쳤다 소리를 내지 않으
려면 발꿈치부터 천천히 땅 위로 얹어 돌을 지르밟아야 한
다 돌이 바닥에서 자신의 자리를 찾아 발밑에 갇혀 움직일
수 없게 만들어야 한다
　그런 짓은 담을 훌쩍 넘어 다니면서 그만두었지만

바닥에서 몸을 문질러 떼어낸다 벌써 해가 지고 있다 점
심에도 아무것도 먹지 않았다 밥솥은 보온 73시간째 사람
이 노력하는 것은 아무래도 바라는 게 있기 때문 열매가 다
쪼그라들었다 누가 먹냐고 이걸 다 부엌의 화분은 호주에서
왔다 호주에서 한국으로 왔다 그 고생을 하고 와서 여기서

　너는 이웃의 젓가락이 서로 부딪히는 소리를 들었다고
했다
　그것이 얼마나 나를 슬프게 만드는지 네가 안다면

재난이 인생이 되어버릴 때도 결국에는 이유를 찾겠다고
새하얗게 잊고 건너뛰지 않겠다고 맹세하시오
맹세하시오

사랑으로 무언가를 닦는 것 정결하게 준비하는 것 스스로
생명을 가진 듯 넓고 길어져서 온몸을 휘둘러 싸매는 상상
한순간 의심해버리면 끝나는 마술 같은 것

식탁 유리 차갑다
우리는 또 한결같지 않은 것을 원하니까
기합 넣고 웃으며 해내고 마는 거지 틀림없이 지칠 테고

내가 너의 발꿈치를 살짝 쥘 수 있게 해줘
주먹을 쥐고 다음으로 간다

클린타임

너는 타석에 홀로 서 있다

하천에 풀 베더라
다 누워버린 풀 위로 잠자리가 얼마나 높게 튀어 오르는지
수십 마리쯤 윙윙대더라 사진으론 찍히지도 않더라

그 장면을 강하게 생각해
철조망은 차갑고 거기엔 손가락을 걸 수밖에 없는데

기계 돌아가는 소리 들리고
너는 발의 위치를 바꿔가며
보라고 소리 지른다
보고 있으라고 전부 휘둘러 들쑤셔버리는 모습을

새벽이 태양에 질 때까지
배트에 코를 박고 떨고 있다

밖에 서 있는 내 손바닥이 날아가버린 것 같아

쨍하고 터져버린 것 같아

예초기 밀고 간 자리에 날카로운 직선
풀이 사방으로 튀어 나갔다 퍼졌다 모터의 뜨거운 소리
가 주위를 삼켰다
그날도 나는 그늘에 서 있었다
멀리 떨어져 있었다

출입금지 당한 말들이 요새처럼 커지고 있었다 무엇으
로부터? 무얼 지키려고?

잠자리의 날개가슴은 속이 꽉 차 있다. 배는 길고 열 마
디가 뚜렷하며 늘일 수 있다. 그들은 날지 않고 쉴 때도 날
개를 접을 수 없다. 때때로 큰 무리의 이동비상을 볼 수 있
다. 물가를 떠나 산간이나 산 위에서 성숙한 다음 다시 물가
로 되돌아온다. 멀리 날아서 육지가 아닌 대양 위를 나는 종
도 발견된다.↘

끝으로 가는 동안에

흙이 진득해진다 둑이 녹아내린다 다리가 휘어진다 우
리의 가슴이 벌어져 이 공간을 순식간에 다 채울 수 있을 것
만 같다고 해도

반대편이 보이지 않는다
펜스는 순차적으로 어둠을 맞이한다
어깨를 고요하게 털어
바닥에 공들이 한꺼번에 쓸려간다 와르르

다시 기계 돌아가고
움직이기 시작하는 뒷모습

열다섯 번
열다섯 번이 남아 있었다

☾ 두산백과 '잠자리', '잠자리의 생태' 항목을 섞어 다시 씀.

두르고`

우리 축하할까? 지하철에서, 내가 너의 새로 산 빨간 워커를 알아본 것에 대해서. 또 우리 축하하자. 오래도록 같은 차를 타고 달리면서 오래도록 같은 노래를 듣던 것. 내가 하는 말을 네가 정확하게 알아먹는 것. 축하할게. 네가 무서워하는 놀이기구 위에서 내가 신나게 소리 지를 수 있는 것. 우리가 아끼는 것들에게 내가 모조리 이름 붙여준 것. 축하할래. 노란 꽃을 예약해서 졸업식에 가주었던 것. 노란 꽃이 만발한 들판에서 사진을 찍었던 것. 노랑은 기회와 환희의 색. 판판하게 펼친 손바닥 위로, 너의 태양이 뜨는 그날에. 다시는 너의 해가 지지 않을 것이며

축하해. 우리가 가끔 가던 빨래방이 카페로 탈바꿈한 것에 대해서. 가족에 대해서. 너무 많이 생각해서. 무슨 모양이든 가능해졌다는 것. 축하해줘. 다음으로 넘어가는 때, 어떤 것은 너무 빠르고

어떤 것은 너무 느리다는 것. 기억되는 날이 드물지만 많아진다는 것. 축하해보자. 대답을 바라는 사람에게 기다림을 선물할 수 있다는 것. 그러면서, 너의 믿음이 점점 더 공

고해진다는 것. 네가 지키고 싶은 것들을 지키기 위해 매일을 기록한다는 것. 축하할게. 네가 견디지 않아도 된다는 것. 너의 현재가 점점 더 확실하고 충만해진다는 것.

기쁨과 슬픔이 한통속이라 두드리면 크게 맑은 소리가 난다는 것.

☽ 씨피카CIFIKA, 〈DOOROOGO〉.

품

방학을 마치고 돌아왔더니
걸레에서 자란
버섯들처럼

넌 버섯을 쓰다듬는데
난 버섯을 부수는데
재능이 있었는데

우린 대단한 사람이 될 거야
아무것도 모르고 웃으면서

플라타너스에게 얻어맞은 뺨이
따스해

꼭 쥐고 있자

다정하게 만져줘야
망가지는 씨앗

팔짱 끼고 걸을 때
복도는 이끼의 집
말간 그림자 숲

게시판 가득
새까만 별 무리

우리 스티커를 더 붙이자
확신할까
눈알을 굴릴까

창문으로 얇은 노을이
몸을 겹쳐오고

줄줄 흘러내리는 오렌지

마르지도 않고

오래도록 흐르는
흐르면서 아무는

무궁화꽃이 피었습니다

결정 없이
촉촉한 모래알

검정강

호시절이다
뱉고 나니 차가 다리를 돌아 나간다

그랬어 꼭 강과 다리가 있어 마음껏 그리워하면 된다는
듯이 왜 그랬어

너를 퇴비로도 써보려고
쓰러트려 눕히려고 백만 년이 지나고도
풀 한 포기 자라지 않을 너를
분해해보려고 아주 준비를 했다고

이걸 다 견딜 만큼 대단한 사람이다 이런 대단한 환경 속에
너를 용서할 수 있게 말을 해
견디게

몸이 가벼워지면 좋겠다

잘게 남은 불 위를 건너가는 놀이가 유행이었어

넘어지지 않고 뛰기가 어렵잖아 멀리 가겠다고 신나서
뛰었잖아

슬플 것 같다고 말해서 미안해
헤어진다는 걸 떠올리게 해서

같이 걸은 적밖에 없는데 혼자 걸은 기억뿐
끝 동 놀이터까지 허벅지 터질 때까지 걸어서
몰라보게 넓어지고 깨끗해진 길을 걸어서

돌아오지 마

빛나는 것의 색깔을 알고 싶어
하양도 노랑도 파랑도 아니고
없다는 듯

이런 빛이 드는 곳은 천국일 거다

모든 것이 나타나버릴 거다 거미줄처럼 가지처럼 가지
와 가지 사이 세밀하게 무성한 것이
　무성하다

　예측 못하지만
　내일은 온다 꼭 온다 비가
　검정강으로

　불빛에 바닥의 모래까지 보이는 곳
　여기 젖어 있어 반짝인다

맵 오브 비트

운동장 배수구

사물함 안에
찹쌀떡 퍼져 있다

참을 수 없어서 전화 걸었어
아무도 오지 않았으면 좋겠다고 했다

쉽게 위로하는 표정은 구분하기 쉬우니까
수조를 씻을 때는 내용물을 전부 버리는 게 편하고

모두 약속한 듯이 운동장을 돌고 있을 때
주저앉고 싶을수록 주위를 돌아보게 되잖아요

조금 더 큰 동작으로 앉아볼까
미소 지으면서

앉는 힘으로 지붕을 박살 내버릴 수도 있다

마음속에서는

다 같이 : 손나 마지 텐시!

흐려지지 않는 체리밭

초상화를 그리래
거울은 가지고 다니지 않는데

이해는 한 번에 끝날 수 없으므로
지겨운 얼굴 무더기

덥다 더워 손부채질 한 번에
창문이 깨진다

아냐 나 아냐
뭘 봐

책걸상이 끼이끽 끌리고
팔다리가 흐물흐물 변하면서

좀비 영화의 결말처럼
점점 더 구석으로 몰고 있어

이거… 신나는데?

계곡의 어금니

턱이 빠져 있어서 좋다고 했잖아
망가트렸다고 생각 안 해도 되고

좀 그렇게 토를 다니까
밑창에 악착같이 달라붙어선

번지를 뛰어야겠어

볼을 맞대고 울려면 뭔가가 필요하다고 했는데
기억나질 않고

사람들은 허우적거렸어요
세상에 이런 일이

이게 전부는 아니지 않나요?

밀림은 덥고

할 말 많은 인간 질색
그 꼬라지 좀
간절해 보여서
찔리냐?
계단에서 밀어줘

심호흡 좀 하고
부러워
맘대로 지껄여도
다 좋게 들잖아
자, 이제 가라
휘청휘청
나 중심 잘 잡지
붙어 있으면
어떻게든 되니까
졸업이잖아
공포영화 지겨워
눈 던지고
연 날리고
옥상에서 파티 파티
야 진짜 신기한 거
내 앞머리
훑으면 하프 소리 난다
맨날 린스 하는데

향기 나나
한번
태워볼래?

캠프와 파이어

레일 위로 누우면
기차가 날아가

파이어, 바닷속으로 가자
오래 잠들었다가 천천히 일어나자

캠프, 너는 너무 무겁고 느리고
싱거워

삐이삑 목이 쉰 채로

뜨거운 바닥
우리는 줄곧 화상을 꾀한다

실크로드

태양이 짜놓은
모래 언덕 위

전갈이 몸을 뒤집고

올리브 나무의 마지막

전라의 초상화가 숨을 쉬고 있다
쐬, 쐬,

어느 가지를 잡아당겨도

끝에는 은하수

귀퉁이를 붙잡힌 리듬이 열쇠가 되면
기꺼이 몸을 열고
빛이 든다

통통한 발로 춤을 추는 잎
오래도록 뭉그러지지 않았다

사유지

언제나 지나가는 중

아는 중
하는 중
옮길 수 없는 중

당신처럼 되기 싫어요 당신처럼 되기 싫어요 당신처럼
당신처럼 당신같이 당신같이 당신과 같이

동공을 조인다
나는 눈을 두 개로 나눌 수 있다

네가 어떻게 꾸려봐도 나 없이는 미래도 없고

마실 수 없는 공기
아주 잠깐 빛날 때 나는 냄새

공중 유원지

아삭한 거울 조각 굴러가
고루한 리듬이 계속될 때

꼭대기에서 내려봐도 바닥에 붙은 기분

로터리 아니다 로타리
토마토 아니다 도마도

사라진 속사정
아주 많이 섬세한 스토리
누구든 울지도 모르는
재빠른 엔딩 상상해

폐장 시간 다가오면 아가들은 잠들고

이 길 위에 전부 아는 오도바이
나 혼자 도라이바

그렇지만 삑삑
시동은 걸려버렸고

호두 동산에서의 한때

크랜베리 주스를 마시고 넋이 나간 친구들이나
탁한 색깔의 야외 수영장
고저택의 손등불 새하얀 온실
건초 더미 구멍 난 모자 같은 일요일

모서리 중의 모서리

엉덩이를 창틀에 걸치면
밀치는 손만큼 비명이 시원해

어쩌다 이런 것에 전문가가 되어버렸습니까

느리게 자라는 넝쿨
벽을 다 채운 넝쿨

이어서
더 많은 넝쿨
뻗어 들어옵니다 구멍 속으로

뻐근하게 심장을 밀어내면서
시큼한 냄새를 풍기고

브런치 타임

얼린 블루베리를 씻다가
장마를 목격했다

비가 오는 걸 눈으로 보고 알다니
너는 거짓말을 하고 있어

그런가?
나는 언제나 확신이 없고

너는 너무 여유가 없어
때릴 수는 없는 거잖아

비는 원래 때려봐야 내리는지 알 수 있어
이렇게
움켜쥐어봐야

너는 수돗물을 꽉 잡고
손목이 빨개지고

때마침 샐러드가 완성된다

이다음

소소솟소소솟 가습기 돌아가고
이 방은 너의 방 네게 빌린 나의 방

계절이 바뀔 때마다

밖에서 파란 잎과 낙엽을 챙겨와야지 너에게 주어야지

새로운 냄새를

현관을 닫으면 다 잊어버리는 자세

너는 내게 기대어 있고 열린 손에는 아무것도 없는 자세

구석구석 쓸고 닦을게

꼭 먼저 일어날게

사랑하는 나의……

아니 그냥 잠자는 동물

알아버렸다 모른다고 할 수 없다

두려운 일이다

너는 일어나서 물을 조금 마신다

안개와 국경

물기는 귀신같이 나를 찾아오고

기억이나 기분을 물려받지 않기 위해
사정을 피해 왔다

우리 마음 유난해서
완충기도 휴지기도 없지만
햇빛 한 줌 찾아보려고

그 도시를 다 으깼어
수시로 그러고 싶었어
폭우 속에서

깨끗이 씻긴 돌을 주워
오래도록 만진 후에도

추수 끝난 곡창지대

우리 오랜만에 걷는 길이야
여기서도 벌레들이 나올까
모퉁이가 어깨를 잡아끌 때
판쓸이에 걸어야 했는데
뛰어볼까
숨이 차면 머리가 맑아지니까
피곤할 때 예민해지는 코를 달래줘
물건 같은 마음을 잘 다루는 지침서
석판은 깨져 있다
비빌 수 있는 언덕 몇 개?
반질반질한 그림체로
팔꿈치를 꽂아 넣자
999콤보
아주 깊픈,

슬픔처럼 발음하고 싶은 기쁨

대운하

두 걸음쯤 떨어져 걷고 싶어
여기서 어색한 시간을 견디고 싶어

목을 허공에 올린다
어차피 슬플 거니까

스카프 쏟아지는 소리

눈으로 말하는 법 알았다
모르고는 도무지 살아갈 수 없는 종류의 삶

차분히 걷고 싶어
가까운 겨울로 갈게

안정 해역

이 배의 종착지는 가장 나중에
빙하도 다 녹아버린 그때야
두 발 내려둘 곳 없다 그 말이야

상속

저 쪽에 옷이 다 젖은 사람들
검은 나 같다

그들을 멀리 밀어두고 싶다 최대한
잊고 싶을수록 모래는 까슬거리고
천막이 걷힌다
밤이 오고 있다
내게 잠을 주지 마세요

걔는 잘 지낼 거야. 매우 해피
사라지는 건 없을 거야
그렇게 하기로 했으니까
접합부가 정교하게 맞아 떨어지는 나무 조각들처럼
너는 굳어 있고
무르고
당신은 왜 나를 떠나지 않았어요?
말할 수 있게 해주세요
이게 아니지 이게 아니야

세상은 흑백이고
미안해 초지일관을 몰라서 힘들어
음소거는 절대 아닌데
목을 잡아 눌러
심해까지 일직선으로 박아 넣어
깊어지며 혼탁해지며.
난 날아서
떨어진다는 걸 알고
날아서
떨어지고
다시는
날 수 없어.
아니요 모든 것이 돌아가는 일 없이
거의 곧게 되어가요
큰일을 치렀다고 해요

그래서 신은 번역자와 전달자를 만들었고
그들의 영혼은 졸도했다

편지가 쌓였다고 한다
나는 그게 잿더미인 줄로만 알았다

종이는 보통 차가운데
이제부턴 이 온도를 이길 자신이 없다

포옹

내가 호수를 세 바퀴 도는 동안
분홍날개나방은 나무다리 위에 꿈쩍하지 않고 있었다

두 바퀴째 돌며 나방을 발견했을 땐 기뻤고
세 바퀴째를 돌며, 나무다리가 가까워질 때 두려웠다
분홍날개를 가진 나방을, 오늘이 아닌 이전에는 그 어느
날에도 본 적이 없었고.
어떤 생김새를 나방이라 부를 수 있는 걸까?
그런 가르침을 언제 어디서 받았기에 나비나 벌이나 벌
새가 아니라 분홍빛 날개를 가진 나방이라고 나는 불렀나.
세 바퀴째에도 분홍날개나방은 그 자리에 그대로 있어
주었다.
나는 의식적으로 걸음을 느리게 하면서 그것을 관찰해
보려고 했지만 역시 기억에 남는 것은 분홍빛의 날개뿐이다.
나는 눌려서 연약하게, 했어야 했던 것을 못하고.
단지 떠올린다.
받아들여지지가 않는다.
어떻게 하지?

되돌리려고 다시 한 바퀴를 거꾸로,

가던 방향에서 곧장 뒤를 돌아 걷는다.

한낮의 볕을 피하기 위해 사람들은 양산을 쓰고 있다.

아니 대부분은 카페 안에서 밖을 바라보고 있을 뿐이다.

절반가량을 걸어왔을 때,

양산 한 무리에서 어떤 사람이 발을 좀 더 빠르게 내딛어

나에게 무언가를 찌르듯이 내민다.

내가 할 수 있는 것은 받아들고 걷는 것뿐이다.

이것을 버리려면

아직 한참을 더 걸어야 하고.

너, 거기 들어가.

들어가서 재가 돼.

스스로 재가 되어버려.

천천히 간다.

그래도 된다.

분홍날개나방은 거기 있을 것이다.

루프

벽을 싫어해 차가운 벽을 좋아해

윗집이 물을 쓰는 소리와
계단에서 자전거가 굴러 떨어지는 소리를 듣는다

옆에서 자는 이는 불덩이 같다 불덩이의 몸을 하고 있다
나는 그이가 흘리는 땀을 먹어본 적이 있다

그것은 그가 원한 것. 아니다 내가 원한 것도 같은? 그는
일찍이 움직이는 것을 즐긴다 그의 호흡은 너무도 빠르고
나의 호흡은 흔적도 없이 사라졌다가 모두 필요로 할 때 가
끔 나타난다

그 귀중한 가정
그이의 눈은 신앙으로 빛난다
바닥엔 아무것도 없어야 한다

나는 뒤집어져 있는 껍데기야 어떻게 말할지를 몰라 모

래 속에 뒤집어져 있는 껍데기야 너무 세게 던져서 돌아오
지 못하는 부메랑이야

눈을 감고 있으면
매트리스는 휘어지고 흔들리고

벽은 손잡이 벽은 그넷줄
매트리스에 실린 내가
하늘에서 다리를 벌렸다가
착지한다

모래는 진한 색 모래는 멀미 억울하지 그 태도를 털어내
그걸 믿으면 안 돼 믿는 순간

하늘이 높이 열려 높이 얼굴이 식는다 윗집은 물을 쓴다
이불이 무거워 뜨거워

벽을 좋아해 그이를 존경해 벽은 차가워 높이 높이 벽이

열려 자전거 굴러 계단을 누벼 그이가 옆에 있고 나는 그이의 옆에 있다 베개를 미친 듯이 작게 접는다 챙겨가자 챙겨가자 뭐라도 챙겨서 나가자 가자

　나는 멀미 나는 멀리 차가운 벽을 좋아해 차가운 차가운 진흙 차갑게 부르며 돌아가는 바닥 공기 청정기의 파란 빛

초저공비행

오래전에
너의 생일을 적어놓았지

날씨에 따라
식물들을 집으로 들이거나 내놓는 일

블루베리를 마구 집고 싶어도
살살 힘 빼고 손가락 마디에 신경 쓴 그 느낌 유지

너랑 이야기하고 싶어 너랑 이야기하려면 어떻게 해야
돼?

세상에는 사랑처럼 보이는 것이 많고 그런 것도 꽤 괜찮
지 않냐고
이 사실을 알고 있는 사람이 네가 아니라 나라는 게 신기해

화분이 두 동강 날 것 같은 폭우다
그런데도 정답구나

깨트릴 수 없다는 것은
오늘같이 무더운 날에도 담요를 필요로 한다는 것은

미안해 이제 너무 시시하다
우린 목 놓고 울어도 봤잖니

머핀을 유산지에서 떼어낼 때
세심하게 주의를 기울여도
주름 사이에 빵이 끼어 있잖아

사랑과 용서를 헷갈리지 마
구분하는 동안 무릎까지 젖어버리니까

서두를 필요 없어
아무렇지도 않게 데리고 다니면서
풀숲에 숨겨두는 거야

균형이 맞아질 때까지

불어난 천변 구석에서
작게라도 숨 쉬고 있을 테니까
비행대대 날아가니까

땅과 가장 가까이에서 땅의 모양을 따라서
순순히 날아가
이거 불법이지만

반딧불대변동

입김을 숨기려고 얼음을 물고
물결치고 있다 더욱 깊어져야 할 것 같아
무엇이 되었든 깊어져야 할 것만
깊어지는 것
중요하지
어둠 속에서
라벤더밭이 흔들리고 있다 우리는 향기로 그것을 알아챘다

낮은 지붕들 하얀 그림자와 따뜻한 주머니
낮은 도로

사람들의 목은 쉽게도 휙휙 돌아가고

아 다들 여기서 자랐으면 좋았을까 어떤 걸 가져야 만족
할지 알 수 있었을까
영원히 사는 방법을 찾겠다고 조급해하지 않았을 수도
있다

이제 와서 다 끝난 걸 이제 와서
끝날 일을 어떻게 하란 거야

어스름이 지속되고 있으며

사랑과 미움같이

내가 오래 걸을 수 있을까
무엇에
무섭거나 두려운지도 모르면서
기억을 더듬는 거지……

　맑은 물이 흐르는 땅은 실의 색깔이 분명하다고
　그렇게 말하는 네 눈은 형형한 흑토마토 빛깔

　　마주했을 때 익숙해질 수 없었지
　　침묵으로 깊은 숲이 좁아지고

　　　알고 있는 것은 마구 파여 있는 배수로들
　　　어딜 가도 아무렇게나
　　　꺼내어 널브러져 있는 진흙 모래 돌멩이

'돌'은 단단함을

'이시ᄃᆞ는 반짝임을

'스톤stone'은 무게감을

목격한다 그것은 동시에 일어나는 중이다

모 든 것 을 계 산 하 고 싶 어 그 치 만

너무나도 쓰고 싶은 편지가 있어

그 편지를 쓰기까지 절차가 매우 까다롭고 제법 꾸준한

노력이 필요하기 때문에

평생에 걸쳐서라도 쓰지 못할 수도 있지만

죽더라도 죽은 나를 집어서라도 할 사람

그게 너는 아니어도 그런 사람이 계속 나올 거라는 믿음

그에게

병을 줍지 마세요

빛이 너무 많아서

분간이 안 될 거야

디딜 땅 디딜 땅

뚜껑을

잘 닫아놓으세요

아귀가 맞으면 밤에도 흔들려요

좀 더

좋은 목소리를 하고 싶어요

정원에 묻어둔 다리

잘 자야 해

파볼 일 없게

좋아하는

좋아하는 것이 있어요

어디야? 어디야?

자꾸 뛰고 있어

잊어버리지 말자,

다짐한 것이 많아요

사락

굴러가는 비닐봉지

한칼로 벨 수 있게

마른 잎 타는 냄새

투명히 올라오게

작은 불 작은 불
디딜 땅 디딜 땅

기억해
기억이 우리를 수집해서 비밀을 밝히려

번지고
찢어지기 전에

어둡고
흔들릴 수 있어
기억해

조용히 천천히 계속해서 흔들리는 거야 겨우 흔들리는
거야
흔들리는 거야 흔드는 거야 흔들리는 때 흔들고 있다 흔

들고 있다 흔들고 있다 흔들린다 그때만은 향기가 바뀐다

라벤더밭이 흔들리고 있다 우리는 향기로 그것을 알아챘다

2부

더 큰 숲

슬퍼 보이는 것은 사고 싶다
때는 마침 폭설휴교령

눈송이 속에서 너는 아무런 표정도 없다
혼자 서 있던 악기
혼자 서 있는 악기의 서늘함

그건 내놓은 적 없는 슬픔이어서
멀리까지 밝게 보고 싶다

검은 나무와 검은 나무 그림자를 구분하는 오래된 일과
검은 나무 그림자는 검은 말이 되어
슬픔이 이곳에 있고 슬픔이 저곳까지 있고

나뭇가지를 모아 한데 넣고
작은 불을 피워
일어나는 것들은 다 찢어가며 달리고 싶다
닿고 싶다 전적으로 축복하고 싶다 축복을 사고 싶다

하이햇은 금빛 경사로

눈송이 속에서 너는 아직
흔들리고 흔들리고… 옅은 진동으로

책임지고 싶다
덜 마른 캔버스의 서늘함을

그늘이 상상만 하던 자리에서
반드시 덧칠되는 기쁨

줄기부터 잎사귀까지 구분 없는 한 번의 박자로

너와 나 긴 의자 위에 앉아 있는 것 같다
잠시 우리 같다

다리 흔들며 숨을 쉰다

저기 안쪽 저기 멀리

뚜렷이 빼곡해지는 빗금처럼

🌙 배시은 시인의 문장.

스지와 흰

네 무릎에는 금붕어가 살잖아
그렇게 아름다운 어항을 본 적이 없어

지하에서
지상까지

모조리 닫힌 창문과
모조리 열린 창문을 지나오면서

기억해볼 법한 말

그때
어떤 신은 같이 걷고 있었을지도 모른다

너는 무서운 건 싫다고 말할 거야
어쩔 수 없단 것도 잘 알면서

그래도 꼭

밀물이 드는 호수에서
죽지 않고 도착해서

알알이 잘은 장미 송이를 뺄을 거야

잘 엮어
팔에 나눠 끼면

가느다란 빛줄기가 되어버리는
기쁨

여기 밝은 방에
나란히 앉아

미닫이를 자꾸 닫고 싶을 거야
자꾸 닫을 거야

벚꽃이 필 때 제설차는 어디로 가지

길 건너에서 불이 났다
2층짜리 빨간 벽돌집

해가 막 지면서 노을이 나타나고 있었다 크고 검은 나무
와 고무 대야
개 짖는 소리 사이렌 소리가 아파트 단지 안으로 웽웽 돌고
소방차는 네 대 통행로가 모두 막혀
돌계단 위에 서서 앉아서 연기를 보고 있는 사람들 가로
등 크레인 전깃줄 격앙된 사람들의 말과
화엄사에 가려면 이 길을 지나가야 합니다 천막사에서
불이 나면 정말 큰일 아니겠어요? 그건 모든 것을 덮을 수
도 있지만

쓰레기 태우는 거라 그냥 돌아간단다
탄내가 진동을 한다
혼나는 집주인
천안에서 서울천막사를 하고 있는 주인

이곳은 설질도 꽤나 괜찮지 흙바닥 위에 얕게 깔린 눈 본
적 있냐 부슬부슬하니 벚꽃 앉은 것 같지 주워 담고 싶어서
배낭을 내려놓고 막 펐는데, 아니 왜 지금 주저앉고 그래

　　당연히 눈은 없고 흙뿐이지
　　가방 덕에 눈이 좀 견뎌줄 줄 알았는데
　　좀 차가운 채로 방금 믹서기에 갈았다가 꺼낸 것 같은

　　그는 내가 바닥에 앉았다는 이유로 같이 바닥에 앉아줄
수 있는 사람
　　그런 사람 잘 없어
　　그리고 나는

　　전부 다 떠났고
　　전부 다 떠나지 않았다

　　겪고 있다
　　겪어내고 있으니까

우리는 그걸 본다

엄청난 연기가 옅어지는 것을

스밈

작년에 우리는 찻잎을 비볐다
지금은 하나의 찻잔을 데우지만

지난주의 좋았던 일에 대해서 생각해봐
화면 속의 네가 감자칩을 씹고 있다

지난주의 좋았던 일

자고 일어났더니 목에 잠옷 자국 생겼다
꿈에 우리가 쓰던 집이 있었다

좀 어두운 이야기 아니야?

허락을 구하지 않은 채로
허락받고 싶다

받고 주고 하다가 길나면 좋겠다

우리 오가기 쉽지 않은 때
후회는 더욱 선명해지고
그러니 영리해지기 어렵지

잎 꽃 잎 꽃 잎 꽃
가지런히 누워 있는 것

그런 채로 말라가며
같은 향을 입어가는 것

이것이
   가장
     자연스러운
       방법
        아름답고
          순차로운
           언덕

초록

  물결

    무한

      계단

        위에서

사진 찍은 것같이

화면은 멈춘 채로

걱정하는 소리가 계속된다

말 말고 소리를 듣는다

이것이 좋다

그런 용도로 만들어진 것이 아니더라도

유념 시 작고 적은 상처를 낸다

찻잎은 진액으로 끈끈해지며 향을 바꾸고

오래 우릴수록 말렸던 잎이 제 모양을 편다
원래부터 할 수 있는 일이었다는 듯이

기적은 없지만
부드럽고 유연해지며……

지난주에 이어 앞으로도 좋을 일

새벽에 차 마시고 맑은 콧물 흘린다
잘 씻어 꼭 쥐고 물기를 털어낸다

ㄴ 유념: 찻잎을 가압하면서 비비는 조작으로… 각 부분의 수분함량을 균일하게 하고 세포조직을
적당히 파괴하여 포함된 성분이 물에 잘 우러나게 하는 과정.

손질

나는 초연하다

몸에 열이 많고 정해진 시간에는 전부 늦어버리지만

이 시가 완성되는 때까지는 그럴 것이다

저녁 약속 취소했다

다리에 이유 모를 멍이 생겼다

창문으로 아파트를 짓고 있는 공사 현장을 바라봤다

일본어 학원에 등록했다

외국어 이름 짓고 까먹었다

유통기한 지난 영양제 한 통을 버렸다

70편짜리 드라마 끝냈다

쌀죽을 끓였다

직접 만들었다는 바질페스토를 선물받았다

커다란 무지개를 봤다

마스크에 담뱃재를 떨어뜨렸다

막혀 있던 귓불을 다시 뚫었다

영화관에서 말벌을 조심하란 경고문을 읽었다

그날 본 영화에 대해 며칠간 생각했다

멍 위에 또 멍이 생겼다

올리브 나무를 들였다

작은 귤나무도 들였다

낙원상가에서 헤맸다

사람들과 큰 원 모양으로 앉아 그때의 기분을 이야기했다

하려던 말을 까먹었다

처음 만난 사람과 함께 포스터를 붙였다

어깨가 아파서 한 팔만 움직여 박수를 쳤다

행사가 끝나기 전에 먼저 나왔다

양치하다 토했다

영화보다 잠들었다

입술에 헤르페스 났다

고양이 발톱을 깎았다

밀린 메시지에 모두 답장했다

모바일 게임을 시작했다

새벽까지 하고서 어플 삭제했다

밥 먹고 싶어서 친구를 초대했다

손톱 뜯고 싶은 걸 참았다

가중 담요라는 단어를 배웠다

눈길 걷다가 넘어졌다

입 벌리고 펑펑 울었다

고구마를 맛있게 구웠다

후숙된 귤이 달았다

며칠간 같은 옷을 입었다

속이 엉망이었다

침대를 옮기려다 무거워서 그만뒀다

분리수거장에서 찬물로 손을 씻었다

핸드크림을 손끝까지 발랐다

고양이 꼬리에도 크림을 발라줬다

옆 아파트 군데군데 켜진 불빛을 세어봤다

수건을 삶아 빨았다

가습기를 꺼냈다

안성 평택 오산 수원 시흥 광명 서울로 가는 동안

점점 색이 진해지는 하늘을 봤다

천연 수세미로 만들었다는 비누 받침대를 샀다

복권도 샀다

집에 돌아가는 길에 가로등이 켜지는 순간을 봤다

나뭇가지를 뱀으로 착각했다

식은땀 흘렸다

길고양이 물그릇 밑에 핫팩 깔아뒀다

라이터를 버렸다

집 안에서 손수건을 목에 둘렀다

점심에 무얼 먹었는지 기억나지 않았다

해가 뜨고서야 잠에 들었다

추수 끝난 논 위에 떼 지어 앉아 있는 까치를 봤다

호수를 한 바퀴 뛰다 걷다 했다

심장이 목에서 뛰는 것 같았다

정말 크게 노래했다

체념했다

단 한 줄 썼다

얕은 강물에 박힌 벽돌을 봤다

다리 밑에서 물의 그림자를 본다 불 같은

시가 나를 그렇게 만들었다

시시각각

야 이것들아
불이란 불은 다 켜놓고 이것들아

난 비밀 같은 거 없는 사람인데 너네가 써준 롤링페이퍼
는 아무하고도 같이 읽지 않았어
소중한 게 나한테 있고
소중하게 여겨야 한다는 것쯤 나도 모르지 않았던 건데

너넨 장난스럽게 해
진지하게 해
해

하고 싶어지게 해
가볍고 시원한 원피스 같은 것들아

머리맡에 거짓을 두고
잘도 자는구나

서로의 머리를 땋아 엮어
함께 냅다 불안해버리는 식으로
바캉스 갔구나 걷지도 않고 갔구나

무한한 머리칼
쓰다듬다 손 베이고 싶은 것들아
과일은 꼭지부터 상하기 시작하는 거니까 무조건 그런
거니까
눈 꼭 감고 믿어주란 말이야
사랑하는 물건도 없는 것들아

살 거지
이 공중에서 살 거지
아무거나 바라지 말고
바꾸지 말고 좀

뱅글뱅글 돌아서
보고 또 보고 싶은

세워놓고 벌주고 싶은 것들아
절대로 가만히 서 있지 않을 것들아

옳은 법이 없어 슬픈 마음을
오래 해
그걸 해

할 수 없다고 해
그런 건 없다고 해
지나갔다고 해

지붕에는 뚫린 구멍 확실하며

재능

누운 채로
쉴 틈 없이 레벨 업

그만 실눈 뜨고 싶을 때
등 뒤로 꽂히는
콧물 같은 눈알
올라가는 안압
마침
맡아준 개의
눈가가 눌은 밥풀처럼
마주할수록 사랑스러워지는
혼잣말
그런 행복한 날에는
터미널로 가야지
탱탱한 젤리가
주머니 속에서 얕게
흔들흔들
한 겹씩 몸을 푸는 종이학

날아갈까 봐

구해왔어

분실물 보관소

네모난 리듬 안에서

질식사를 취미로 하고파서

간호를 주로 했다

깨었다

다시 자도 데이트

어두운 방

그득한 라벤더

고통 없이 죽는 법을 아는 것들은

웃다 쓰러진다 으아악

깨었다

다시 자도 데이트였다

언니의 성은

요캇타

라고 했다

울면서 부드러워지는 개가

감흥을 뱉었다

요캇타

구세주 콤플렉스

박스를 세로로 길게 찢어봐 골판지와 종이가 만나는 면을 봐 다닥다닥 붙어 있는 허공을
그게 요정들의 집이야

요정을 볼 수 있다고 했지 미역 몇 줄기를 팔팔 끓이다가 허여멀건 팔뚝을 수제비 뜨는 그 애

여러 번 해봤으니까 상관없어

공기 중의 눈들이 옆구리를 찌르니까
아무 대답이라도 좀 해

이 장난감 구급차에도 요정이 타고 있다

일 층에는 항상 그늘이 진다 낡기 위해 지어진 것들 버리기 위해 저장하고 있는 것들
젖은 종이 냄새 스산하고

요정한테 구걸해볼까

될 때까지, 겨울까지 시간이 있을 거야 기다려주세요 필
요로 하는 때도 올 거라고 생각하게

코가 길어지고 어깨가 넓어지는 동안에
사과하지 말아줬으면

골판지 우글우글 울다가
완전히 두 장으로 갈라져버린 그런 날

거대한 몸뚱어리 온종일 달려
구급차 함께 삐뽀삐뽀

커가며 슬기로워질 수 있는 걸까

커가며 슬기로워질 수 있는 걸까

가당키나 하니
햇빛을 자주 그렸어도 속이 꽉 막혀와

음악실에서
입술을 뻥긋대던 충실한 기억 스치는 대로 불어나는 종
아리
아무렇게나 부르는 이름도 찬송가 같다고 짜증을 냈잖아
배추벌레가 자라는 연애편지 진한 초록색 음악실 커튼
라일락 향기로 포장한 음표들

무서운 것이 마음에 들어오지 못하도록
온 교정의 나무를 흔들어대다가
뚝뚝 떨어진다 하늘에서 비행기 날개가

거기 세워두고 싶었어 그런 꿈이라도 꿔보고 싶었어
너의 검고 칠칠한 머리에 기대어 끝없는

중앙현관 걸을 때

양말을 뚫고 올라오는 차가운 기운

어디로도 돌아갈 수 없어 농구대 밑에서 잠드는 저녁

잊고 싶다가도 다들 같은 이야기
그냥
네가 괜찮은지 아닌지 나도
그냥

그냥

감동 받고 싶은 것이 정해져 있어서
땀을 뻘뻘 흘리면서
어째도 소용이 없는 그늘 아래에서
믿을 수 없는 이야기가 너무 많아
숨겨지지 않아

이 콘크리트 다리 크기처럼

다들 여기서 셔틀콕을 잃어버린 적이 있을 거다

기록해야 하는 이야기는 그런 것

당신 나에게

햇빛 쨍쨍한 날에는 눈 내리는 나라로 가자고 말해주었습니다

가본 적 있잖아 내린다

하염없이 내린다

뼛속까지 시려온다

딱 한 번씩만 더 하면

사용법을 알게 될 것이다

알게 될 것이다

드디어 어떤 문장도 쓰다 지울 일 없어졌을 때

비가 온다 트렁크를 열어

쓸어 담아 밟아야 해 울렁이는 땅을 견디면서

우리가 나눠 낀 팔찌가 알고 보니 가느다란 빛줄기였고
점점 열리기를 반복해 머리까지 잡아먹었다면
빗방울 쉽게 말라 사라진다면

그때 가졌던 집은 이불로 만든 집 그러나 사방에서 해주
던 포옹도 이젠 없고

랠리에 책임을 지자고
이것을 끝으로 다시는 편지 안 할 거야

있잖아 우리가 한 침대에서 잘 수 없는 이유 이런 꿈이
옮겨 갈까 봐
더 이상 네게 내 신발을 신기지 않을게

훌륭한 바람이 부는 날이다

뒤로 돌아섰을 때
나눠 입었던 티셔츠
등에 쓰여 있었다 코트의 제왕

제왕

물 위로 자라는 나무야
기특하고 자랑스러운 나무 같이 쓰는 집

뿌리에 이 박아 넣은 것들아 팔뚝처럼 자라버렸구나
그로 인해 목련 잎 더욱 도톰해지며

먹리, 할머니를 보낼 준비를 하고
이세, 얼굴 벌게지도록 바람을 맞아
바루, 짧게 깎은 머리 부드럽고
애리, 관측 일기를 숨겼어

큐큐와 나나, 총기를 배웠지

슬픔으로 다져 심은 씨앗에서도 싹은 왜
그것들 아늑하고 포근하게 느껴서 왜

너희들의 눈으로 조명을 만들어야겠어
다들 비슷한 걸 원했던 것 같아

그뜩그뜩 달았구나
너무 많은 균열 때문에
한 덩어리로 뭉개져서는

코끝에서 그림자
불처럼 흔들리며
타는 거야 환하게

거실에는 은백색 안개비 내리고
이 가족은 서로를 사랑하므로

새것처럼 화가 나

완전한 화

무궁

끝에 묻은 병을 털어내봐
손가락 움직여봐

눈을 감고 폐원으로 들어선다
복도에 서 있던 의사들 다리가 풀리면서 고꾸라진다

바보야, 나 좀 믿지 마.
여기로 들어오는 빛은 다 불량이야.

네 허벅지 위에 글썽이는 빛
형벌처럼 찾아오는 그 빛에 영을 다 빼앗길 거니

일 열로 서봐
뺨 때릴 거야

머릿속에 눈송이가 가득해서, 깨끗이 증발해버릴 것 같아?

그래도 미열이 남아 있을 것 같아? 안내 방송 해줄 것 같아?

병동이 쩡쩡 울리도록 울어줄 것 같아? 공명하고 있는 것
같아?

뭔가가
정해질 때마다
군복을 입은 마음이 되는데

그런데
뭐랑 떨어지는 게
그렇게
무서웠지?

가로등 밑에서만
거세지는 바람

머리카락 끝이 갈라져서
퍼져나가고 있다

"네 눈썹은 잘 자란 이끼 같구나
나의 작은 아스파라거스야"

보호자가 없는 병실에서
블라인드는 균형이 맞춰지질 않고 빛이 바래 있고

나는 드디어 일희일비하지 않겠다 다짐을 해
그래야지 우리가 영원히 바뀔 수 있어
바꿀 수 있어

고꾸라진다
아마도 계속

이제는 웃으면서 말할 수 있을 지경
여기에 살짝 흘려볼까

벌건 뺨을 감싸면서

감싼 손가락에 다른 손을 포개면서
속으로 숫자를 세면서

이번 한 번만이야
조금만 더 안아줄게
모든 게 그대로야

쓰리

프런트맨이 없는 밴드는 아무래도 조금 서글프지 그래도 키보드 베이스 드럼 그들은 긍정적으로 생각하려고 해 연주가 끊기지 않았으니까

그들의 손 스스로 잘라내지 않은 자부심
그들은 두꺼운 아크릴 무대 바닥에 앉아 원망을 기타 피크처럼 주고받았다

아무것도 모르겠어
모든 걸 느껴
정말 모든 걸

다 마땅하고 다 마땅하지가 않다
배고프다 향신료 많이 들어간 요리 먹고 싶다 내일까지 남아 있게
그런 식으로 무언가가 너를 빨아 먹어서 수분이 전부 빠져버린 나무토막같이 되어버렸는데 뇌까지 근데도 그때도 아무것도 할 수 없게 되면

그거 알아? 영화가 길어지면 장례식 꼭 나온다?
뭐야 그럴싸해… 그치 아니면 결혼식 나와 무조건이야

그들은 뒤로 눕진 못하고 앞으로 엎어지기만 하는데
안전하지 못한 게 견딜 수 없이 기쁜 때도 있긴 하는데

엎치락뒤치락 하다가 결국 잃었다
우리는 우리를 가만둘 자신이 없다

어쩜 이렇게 평온한데 눈물이 나냐 시간을 어떻게 써야
하는지 하나도 모르겠다

몇 십 년 안에서
꽉 차 있는 안에서
접힌 안에서 안을 끄집어낼 때

난 내가 도움이 안 될 것 같지만

내일에는 좋았으면 좋겠다 흥얼거려

전부 빨아버린 것처럼

키보드는 드럼을 드럼은 베이스를 베이스는 키보드를
연주한다

나는 악기를 연주하다 낮잠을 자고 있는 것 같은 구간으
로 들어선다

눈을 뜨면 귀도 코도 목도 전부 열 수 있었다

에스 오 에스

원래 넘어진 다음 날이 더 아픈 거 알지

인생에서 그런 추가 점수 받는 경우 잘 없으니까 기쁘게 생각해

왜 날 안

너 왜 날

모든 것이 중요해

너는 대체 뭐가 중요한지를 모르겠니? 어떻게 나를 몇 년을 살아도 모르니? 정신 빠져가지고 왜 아무것도 모르니?

어쩌라고 니가 날 혼자 두기를 즐겼잖아 신기하다 너의 아픔도 대신할 수 있다면 좋았을 텐데 진심으로 그렇게 생각했는데 어쩌라고 니가 나한테 하고 싶은 말들을 다 일본어로 써봐 영어로 써봐 한국어가 아닌 말로 써보란 말이야 그러면 니가 나한테 무슨 말을 하고 싶은 건지 알게 될걸 정신 차리라는 말이야

내가 실족하려 들기 전에 억울해 용서 못 해 이제 내가 울 때 너는 슬픈 사람의 울음과 억울한 사람의 울음을 구분할 수 있어진다. 진다. 별로다.

별로였다.

영화관에서 자리를 박차고 나왔다. 다행입니다. 영화관에서라도 그런 선택을 할 수 있는 사람이어서 우리가,

청소랑 빨래나 잘하자

슬픔이나 우울은 삶의 무엇에 비해도 깊이가 얕기만 해

눈치를 보면서도 결국에는 쏟아내

밑이 빠져버린 그릇에다가

버렸다가 다시 주워 온 그 그릇에

너무 사랑해서 붙일 생각도 못 하는 제일 사랑하는 쓰레기야

바작바작 입술

내려앉는 잇몸

아 비행기 날아간다

안전띠를 하라는 그림은 안전띠와 사람이 연결되어 있지 않은 그림

비상 상황 이젠 진짜로 해야 돼

3초 안으로 정확하게 착용

하고 옆 사람을 도와서

외쳐

그딴 거

이 세상

마지막

기억으로

가져가지

마

자구책

너는 그 캐리어의 비밀번호를 맞추기 위해서 어제부터 용을 쓰고 있다 나는 책상 위에 두 다리를 꼬아서 올리고 레드향을 까고 있었다 굵직한 알맹이가 손톱에 눌려 터져나가고 있었다 정말 숫자 하나도 기억나지 않는 거야? 글쎄 나는 2를 좋아하니까 2가 들어갔을지도. 좋아하면 왜 무조건 첫 번째일 거라고 생각하는데? 그냥 평균적으로 그렇잖아 이걸 별로라고 생각하는 게 더 별로야. 나는 네 눈앞에서 더러운 캐리어 바퀴를 잡아 돌렸다. 네 것도 아닌데 왜 그렇게 열려고 난리인데. 그야 네 것이니까. 그러니까 나도 내버려두는 걸 네가 왜.

나는 캐리어가 그것뿐이었으므로, 그걸 가지고 다닐 수밖에 없는걸. 열리지도 않는 캐리어를. 내 손에 연결되어 있는 또 다른 하나의 신체 기관이라도 된 듯이. 절대로 놓지 않아. 지금처럼 네가 비밀번호를 맞추겠다고 까불지만 않는다면. 한산하구나. 바깥에는 아무도 없었고 청보리밭과 그곳을 통과하고 있는 바람뿐이었다. 이건 열려야 하는 캐리어이고… 아냐 그렇지 않은 캐리어도 있을 수 있고 너는 열려고 하는 사람이 아닐 수도 있잖아.

네가 닫으려고 하면 나는 열리는 사람이 될 수밖에 없잖아. 넌 항상 그렇게 역할을 준다고. 난 또 당연하게 그걸 해내려고 해. 아, 또다시 그 역할이 너에게 남겨져서 어쩔 수 없다는 듯이 구네. 그렇담 내가 캐리어의 비밀번호를 맞추는 것 대신에 무엇을 할 수 있었을까. 너의 또 다른 하나의 신체 기관이 된 것만 같다는 캐리어에 대해. 나의 많고 많은 다른 캐리어들이 머릿속을 스쳐 지나간다. 스틸 블루, 실버, 바퀴 하나가 깨져버린 것. 네 것을 왜 내 것처럼 느끼고야 마는 걸까.

이제 나는 망치를 떠올린다. 2062, 2063, 2064… 한 숫자씩 바꿔 돌려가면서, 더욱 강렬하게 망치를 떠올린다. 나는 이 짓을 그만두고 싶다고 생각했다가 다급하게 그 생각을 지운다. 나는 훼손되었다. 너는 캐리어 바퀴를 잡아 돌렸던 손을 탈탈 털어낸다. 카펫 위로 먼지가 떨어진다. 나는 곁눈질로 그것을 쳐다보면서 2072, 2073, 2074… 숫자를 바꿔 돌린다. 알고 있다. 나는 열려고 하는 사람이지 여는 사람이 아니라는 것을. 조금 열린 지퍼 사이로 억지로 꺼낼 수 있는 물건만을 꺼내어 쓰고 아무렇게나 집어넣는 미래를.

캐리어는 단단하다. 매끈한 표면에 부착된 보호필름이 주홍빛 조명을 받아 반짝이고 있다.

해양소녀단

풀리지 않는 매듭법을 배웠어 배지를 얻기 위해서 우리
는 해양소녀단 바다색 구명조끼를 입고
아무도 모르게 사람들을 구하려고

하늘과 바다의 색깔이 같아졌다가 달라질 때까지

동그란 머리통
그 안에 야자수 같은 머리칼을 알고 있어
야자수 머리칼을 한 사람들의 눈을

경첩 같은 팔짱을 끼고
열리고 닫히는 사이로
빛이 떨어지고 그늘이 넓어진다
부표는 떠밀려 나가고, 나가고

다리를 스치고 지나가는 뜨거운 것들 주름마다 쏟아지
는 모래들 어제오늘이 아닌 것들 무서워 내일인 것들 무서
워 몸으로 파도를 베는 것은 너무 무서워

멀리서 들려오는 말발굽 소리에 다들 파하고

말은 사람을 태우고
해수욕장 시작에서 끝까지
달리지도 걷지도 못하고 있다

말은 바다를 보고 있을까
사람이 없는 곳에서 태어나 사람이 없는 곳에서 죽는 말
이 있을까

단원들이 텐트 안에서
모래와 소금처럼 엉켜 있을 때

불꽃이 터지고 있었다
불꽃 아래에서만
까맣게 탄 어깨가 드러났다

내내 소곤거렸어
소리는 바다 끝까지 들어갈 수 있다는 것을
들어갔다 되돌아온다는 것을

주머니 안에서 녹슨 칼을 만지면서
녹슨 칼로 모래를 베면서

저쪽에서 끝난 불꽃놀이가 여기서 시작하고 있었다

이 바다를 처음 봐
다시 무섭다고 말할 차례였다

잠깐 숨을 들이마시는 사이

부른 적 없는 개가 파도를 가르고 있다

본봉

미싱 머리를 열고 기름에 손가락을 담근다
실과 솜털, 기름 찌꺼기가 떠다니고 그래도 이게 제일 빨리 낫는 방법이라니까
바늘을 뽑아내면 구멍이 생겨
하루 종일 손가락에서 드라이클리닝 냄새가 나고

난 나를 믿어
그리고 자꾸 틀어져
풍성한 프릴 같은 메워야 하는 말 길쭉하게 호흡을 뱉어도 계속 허름해지는 말

코가 딱딱해 풀 때마다 피 냄새와 기름 냄새가 번갈아 난다 내일은 눈이 많이 온대, 마음이 망가질 텐데 그럴 각오가 되어 있어?

연필 끝으로 가볍게 글자를 그린다
기운이 움직이는 것 같지

얇은 울타리 위에 눈이 쌓이는 걸 지켜보고 있었어
다 녹아서 흘러내리는 것도

특별히 세공한 보석 같다 도대체 압축되지 않는 빛
　이 방에서 잘 때는 방문을 살짝만 열어두고 자는데, 그때
는 문이 너무 열려 있었어 바람이 차가워질수록 더 많이 흔
들리니까, 방은 사면이었다가 육면이었다가 팔면이었다가

완벽한 대칭에 턱이 빠질 것 같다
이것을 깨고 나갈 수 없다고 생각했어
그럼 깬다는 말도 할 필요가 없었겠지만

발판에서 발을 떼봐
후진 버튼 눌러봐
되돌려서 박아 풀리지 않게
이제 들자 쪽가위를
마무리야 매듭이야

프린터가 종이를 뱉어낸다
갓 뽑혀 나온 종이의 따뜻함이
우리가 가까운 것 같다

도시의 모든 하수구 뚜껑을 열어
기다란 막대로 휘젓고 싶어

그렇게 네게 침해할게
그거 그냥 내가 할게
허락해준다면 절대

후회 말고 의지
후회 말고 의지

공장 근처 눈이 설게 남은 흙바닥을 바라본다 비닐 캔커
피 박스 크기가 다른 돌 마른풀

마스크 한쪽을 풀어

제자리 뛰기를 하다 보면

물방울이 바람에 날아가
노란색 희망 태권도 차가 지나가

놀라지마
된다고 했잖아

ᴗ 오버로크, 인터로크, 스쿠이, 나나인찌 등 다양한 미싱의 종류 중 가장 기본적인 미싱을 가리키는 말.
또는 시침바느질한 다음에 제대로 하는 바느질.

3부

새단장

점점 더 많은 이야기를 전해 듣는다

너무 나쁘고도 자연스러워서
하루 종일 생각하는 것이다
사랑하는 것처럼 생각하는 것이다

도끼를 든 손이 끊는다
영광은 이 방에서 돌아 나가지 못하므로

배 속까지 뜨거워져서
녹물이 쏟아져야 맞는 것 같다
나도 모르게 공유하고 있던 베란다처럼

다 살고 있다 굶지도 않고 있다
모든 기억 액자에 들어앉아 있다 잘 박아두었다

나는 내가 뭘 하고 있는지 알아
뻣뻣한 목만 남았다

시간은 원래 오래 걸린다 이런 살인도 있다 이렇게 죽었
다 울 수 없을 텐데 울고 있다 없다는 말을 할 수가 없다 모
든 말이

멋진 불행으로 정리될 것이다
그렇게 말하고 나면 진짜라고

한여름에도 차가운 기운을 풍기는 무릎
그런 화병을 본 적 있는 것 같다

탁자에 올려두자

벌벌 떨게 될 것이다

☾ 이 시의 각 행은 모두 한순간에 함께 발화되어서, 5초 이내로 읽기가 종료되어야 한다.

처단

입상에도 순서가 있어
빳빳한 종이에 손가락을 베이면서
우리는 쫓기고 있었다

상자에 아이스크림을 채워 넣고 봉한 뒤에
다음 사람에게 넘겨주는 거지

검정색에 흰색 세 줄
하지만 신어보면 알 수 있었지
이게 내 실내화인지 네 실내화인지

꺼진 앞축이 미래와 같다는 말을 이제야 이해해
까치발로 앞을 내다보면

학교 밖을 빠져나가는 커다란 경사로와 시외버스
정해진 길이 아닌 길로는 머리를 들일 수도 없는

나는 음악실에서 노래해

너는 항상 찬송가 같은 코드를 짚는다
커튼이 찢어지고 있다

우리도 하모닉한 악보를 만들 줄 알아
지치는 건 사치야

가느다란 움직임
집에서는 다리가 아주 많은 벌레들이
살아서 기어 나온다

내가 귀하게 생각하는 것은
누구나 안아볼 수 있었다
나는 다 주었다

그때의 바람은 방향이 뚜렷했고 머무르는 곳이 없었다
굳이 꽃을 따지 않아도 상관없는 나날이었고 미화된 것은
아무것도 없다고 말할 때 밤새 중얼거리던 잎사귀들을 쥐
어뜯고 싶다

끝이 납니까

달리고 있긴 합니까 길을

지붕이 반쯤 날아간 모래성을 부러워하지 않을 수 있기
까지

그 위로 울컥울컥 토를 하고 그것들로 실뜨기를 해 오늘
밤에는 아무도 재우지 않을 거야 아무도 잘 수 없어 내 탓을
하렴 그래도 된단다 나는 핑계도 되고 갈증도 된단다

페달을 밟으면 노루발이 벌벌 떨어

모터 소리는 너무 강력해서 매끈하고 단단한 심장이 떠
오른다

이겨낸다

해야 할 것을 하자

더 이상 찾고 싶지가 않다

정착을 기대하고 모은 살붙이들, 그러나 쓰레기들, 월세,
쓰다 만 메모지, 반려묘의 화장실 냄새, 하루도 빼먹으면 안
될 약봉지, 오늘의 밥값, 친구들의 안부 전화, 사진, 팔려고
내놓은 자전거

잃어버리는 일은 반복해서 배웠으나
잊는 일은 배우지 못한 문외한

네 눈은 더 많은 선을 필요로 한다

늘어나는 방 늘어나는 모퉁이
만인이 기도하는 집

넘어지면서 결합해봐
삶이 어디로 갈지 상상하지 마

손바닥엔 열이 오르고

아이스크림은 차갑고

묘사한다
혈관을 다 끊어내고
시퍼런 자태로

기어코 도망하지 않을 때
조용히 뒷목을 쓸어내리면

등 뒤로 날아가는 맑은 빛
사랑

재건

불가능한 나라에서 왔습니다
시체도 울 수 있다는 사실을 알았으니
갈 수 있고 가겠습니다

큰 바위 밑에 숨을 수 없을 정도로
송사리들 몸집이 너무 커져버렸다

다시는 당신의 머리를 통과하고 달려가지 않겠습니다
먼저 질문하겠습니다
　우리는 등허리를 깡깡하게 세우고 웃습니다
　약한 딸들아, 얘들아 웃는 것은 중요하다 그게 유일하게
할 수 있는 말

수영장과 용광로를 섞어버리자
갈아버리자
사람이 살까 웃을까

밤하늘에 검은날개물잠자리

그 때는 점점 달 가까이로
쏜살같이 날아가

무엇도 빼놓지 않고 듣고 있어
잠자리들은 아시아의 모든 물속을 알고 있기 때문에

한 뼘 날개 위에 얹어둔 또 다른 날개
끄트머리로 물속의 송사리들 쓸다 스친다
시계 아래 여자들의 원피스에도

우는 사람을 모른 척하는 신이 있어,
우리는 웃으며 신을 외롭게 만들자
아무 데나 기대버리고 싶게 만들자
창문을 깨고 들어오게

유리 흩뿌려진 길바닥
치마를 잡고 돌려 크게 더 크게

바다에 갈 때는 호미

호미는 한번 문 흙을 쉽게 놓아주지 않아
손잡이의 짙은 색깔은 그런 이유

이 뿌리는 옆으로 자라려는 모양
몸을 가로지르며 땀이 흘러내려
조그맣게 꾸린 밭에 물 대어주고요

매미가 우는 중입니다
뭐라도 심을 준비를 해야 하는데

이제 우린 계곡에는 가지 않고
계곡물은 햇빛에도 차가우니까
바다로 바다로

물이 가까이에 있어서 좋구나
이런 한때가 있어서

호미가 왜 필요해요 호미가 어디에 필요해요

물결 정도 가뜬히 캐내고 싶겠지만
이 바다에선

멀리 갈 수 있고 갈림길도 없으니까
알 수 없는 길이 생길 수도 있으니까

호흡을 천천히
체온을 낮추자

호미는 아무것도 못해 호미가 할 수 있는 것은 없어
호미는 아무것도 안 해요

조금 멀끔하자고
필요한 게 너무 많다

우린 이곳과 이만큼이나 친하고
어떻게 사는지도 모르니
파도로 파도로

다 사용한 짐을 끌고 갑니다

같은 티켓을 끊고

서로 다른 바다로

기념일

잘게 갈린 얼음이 시럽을 따라 뭉개지고 있었다
그걸 일으켜주고 싶었다

그런 마음 갖는 것은 너무 쉽기 때문에
달게 먹은 과일 씨앗은 마당에 묻었다

매일 아침
네가 치우지 않은 지우개 가루 사이로
내가 떨어뜨린 시리얼을 골라 먹으며

너는 네 인생이 어떻게 굴러가는지 한번 앉아서 본 적도
없으면서
　내가 불행할까 봐 벌벌 떨고 있잖아
　그렇잖아

빙삭기의 날은 예민하고
조금만 바깥으로 움직여도
얼음을 크게 갈아 먹는다 게걸스럽게

동생이 나하에서 보내온 편지에는
너무 더워 물놀이는 포기하고 빙수만 먹고 있다고
와인을 졸여 만든 시럽 덕분에 질리지가 않는다고 한다
빙수 먹다 취해서 그릇을 깨뜨려본 적이 있느냐며 호방
하게 써 내려간 글자

봉투에 적힌 주소를 다이어리에 옮겨 적은 다음,
진짜 발 걸어서 넘어뜨리고 싶지?

깔깔거리며 밤중에 불꽃놀이 했다
꺼져가는 불꽃을 들고 당당한 척 걸었다

이런 얘길 할 수도 있으니까 우리는

어쩜
빙수 먹기 좋은 날이란 게
그렇게 자주 오지가 않는다

그래도 그릇을 차갑게 유지해놓으면
끝까지 녹지 않고 남아 있는 작은 덩어리가
분명히 있어

철모르고 심은 탓에
한창 장마 중에 태어난 복숭아 같은

달콤한지 떫은지
아주 작아 먹은 기억도 없이 먹는 것

이 칼날 쉬지 않고 돌아가고

눈부시다
웃어줘

현장

이 나라의 식물원은 섬뜩하리만큼 커다랗고 빈터가 없다
조금 사기 당한 기분
유명한 관광지는 아니니까 어쩔 수 없지 야자수는 담장
을 웃돌아 밖으로 더욱 크게 자라려 하고

여기 연못 우거진 연잎 사이로 사람이 걸어 나온대 그 사
람과 마주 웃으면 안 된대
우리는 솜씨 좋게 연꽃 안으로 작은 돌멩이를 던져 넣는
다 돌멩이에도 연꽃 향이 밸까? 그럴 수도 있다 이 연못 아
래는 전부 저 꽃의 뿌리로 가득할 것만 같고 그럼 그 사람
숨은 쉴 수 있는 걸까?

이렇게 여러 방향으로 내리는 비는 처음 맞아본다 이게
이 나라의 날씨인가 봐 너무 습해서 연못이 하늘까지 불어
난 것 같은 날씨 속에서 걸어 나오지 않아도 식물원이 전부
그 사람의 영역이 될 수 있을 것 같은 일주일

그러니까 잠을 자도 될 것 같아, 지금 눈 감으면 다시는

1   50

일어나지 못할 것 같은 느낌으로 살갗은 항상 차가워진 그
대로고……

여기 오기 전에, 내가 길에서 뭐라도 주운 것처럼 주먹을
쥐고 있으면 네가 그 주먹을 덮어 잡아주곤 했지
우린 주먹 뭉치를 코트 주머니 속에 구겨 넣으며 비밀스
레 행복하고,

이 나라는 북적북적하다 이 나라는 다들 손을 잡고 걷는
다 이 나라는 허리에 파고들며 이 나라는 왕성히 빛나고 이
나라는 다음에 서럽거나 외롭지 않고 미래를 꾸려나가도록
춤을 추고 충돌뿐이어도 춤을 추고

도로 위에 망고가 깨져 있다 그 사이로 걸어갈게 그럼 연
못의 그 사람 너는 큰 소리로 웃을 거야?

고무나무 이파리 사이로 바람이 겨우 빠져나온다 하늘
끝까지 식물의 숨으로 가득 차 있다 올려다보면 도저히 슬

프게 다닐 수 없는 길이야 붉은 종 아래에서 젖은 머리를 터
는 사람들
　　지켜지고 있구나 나는 촘촘히 분명해진다
　　오토바이 불빛이 차도를 쓸어가고

　　마주 보고 웃으면 어떻게 돼?
　　투명해진대, 어쩐지 누가 자꾸 말 거는 것 같은데…?

　　육교를 건너 골목으로 들어간다
　　이곳에 사는 사람들이 자주 모인다는 오래된 서점에서
　　한국어 제목을 가진 책을 발견한다

　　집집마다 창문 난간에 널린 옷가지 튼실한 화분들
　　벽이 타일로 된 건물들이 제각각의 높낮이로 이어진다

　　숙소로 돌아가기 전에 우리는 콩으로 만들었다는 따뜻
한 푸딩을 샀다 흑설탕 시럽과 고구마 떡을 얹어서

한입 파먹는 순간 변하는 가슴의 빛깔
짙은 초록 안개 위로 검붉은 폭죽초 터진다

공벌레

공원에서 마시자
밤중에 만나버리자
우리 기쁜 척할 수 없고 그만둘 수 없잖아

너 계속 그렇게 무릎을 감싸고 있으니까 뜨거운 거네
웅크린 자국이 남아버리기 전에……

친구야 사람이 물어보면 대답을 해
그만 노래하고
그 자리에 바로 서서 부르는 노래
팔 휘저으며 노래
단 한 번도 눈뜨지 않고 간절히 핸드폰 붙잡고
야 대체 공사하냐고 너무 시끄럽고
너무 맑고 깨끗하다 또
만만하니까 사람들이 올 수가 없지
오이 찾지 마 편의점에서 안 판다고
이 공원에 갈림길이 어쩜 이리 많은지
돌아서 가자

네가 사랑을 할 때

너의 모근은 촉촉하고 내 눈동자도

평범하게 축하하지 못하는 것도 이해를 해라

후드 끈 잡아 빼서 휘두르는 것도 그만하고

그냥 야속한 거지

금방 한심해지지

그러다가 책임이 되고

하루 만에 끝내든지 평생을 가져가든지

창백한 입술의 껍질을 뜯어

벌써부터 태양이 높이 가고 있으므로

그래 우리 눈 떠본 적도 없는 것 같아 이 감촉을 위해

고꾸라진

의자가 필요할 때 무릎이 꼭 그런 모양

적당히 맞장구칠 테니

점차로 회복하자

네 시

누가 우리 좀 찍어주면 좋겠다
원래라면 일어나서 프레임 바깥으로 나가보았겠지
백팩의 어깨끈이 팽팽히 당겨지고
다리에 힘을 모으는 대신에

한 번 더 말해본다
누가 우리 좀 찍어주면 좋겠다
주머니 속에 손을 넣고
곧 다가올 여름에 우리가 같이 가기로 한 곳의 풍경을 이
미 알고 있는 나는 행복해진다
나무랑 바람이 많아서 여름인데도 조금 쌀쌀했거든
그때 새벽에 편의점에서 사 먹었던 차가운 유부초밥과
녹차를 떠올리는 것도

땅에 묻자
몰두해보자
칼을 갈 듯
산산조각 난 요새를 발가락 사이에 끼우고 저글링하는

사자야
　　부드러운 배는 덜 익은 딸기색

　　얼굴을 감추고 있으려니까 자리를 옮겨달래
　　일어나 서서, 앉아 있는 우리의 머리통을 보고 싶어
　　노려본다고 말할 정도로 바라보아서
　　너희 가슴에 곧바로

　　한 번쯤은 그래보고 싶다
　　곧 있으면 우리가 헤어지게 될 텐데

　　깨진 그릇 조각을 붙여서 다시 쓸 수 있게 만든다니까
　　그릇 깨는 날을 기다렸거든

　　정작 깨고 나서는, 나도 모르게 잽싸게 종이를 가져와서
그릇을 싸더라고
　　그걸 쓰레기통에 처박고는 생각도 못하고 있었지 뭐야

맞아 작별 인사 할 수 있다
나는 자신감이 생긴다

화분들

운동장 중앙을 가로지르는 선을 만들면서
무언가가 떨어졌다
빠르게 꽂히고
그다음에 모든 것을 부쉈다

충격으로 근처의 호수가 솟구쳤다 연꽃과 거북이와 너
구리들이 갑작스레 땅을 밟았다 운동장은
완전히 빠개져서 끝없이 모래가 흐르고 난장에 갈라진
땅이 몇 조각인지 셀 수도 없을 때

너는 눈물을 흘렸어
기쁨의 눈물이라고 했어 분명히

무섭니? 했더니
무서워서 해결이 되냐고 되돌릴 수도 없는데 무서워하
는 건 정말 바보 같은 일이라고

어쨌든.

나도 같이 떨어졌잖아.
나는 네 것이었잖아.

슬픈 날에 같이 슬플 거라고 했잖아 저기 이팝나무 견딜
수 없을 만큼 쌓인 흰 짐을 봐 다 떨어져야 하잖아 싱싱한
연둣빛 잎 칼에 눈이 다 베어버렸잖아

다음을 준비해야 해서 분주한 우리
얼굴을 찡그리고 움직여
전사 같지

감히 영원하겠다고 약속해
먹을 수 없는 꽃도 잎도 다 말려서
결국에는 차로 우려 마신다고

신중하지 못한 게 아니라
이런 건 영혼이 하는 종류의 일이라는 걸 이해할 수 없겠
지 괜찮다

이제 싸우고 떠들고 웃고 그럴 일만 남았다

여태까지도 그랬지만

그래도

무서웠다 그렇게는 말할 수 있겠다

너희들은 너무 약해

몹시

몹시 사랑해

가능하다면 전부 쥐고 흔들고 싶을 정도로

야간작업

그녀는 멀리에 있었고
곤히 자고 있었다

나는 베개 밑에 손을 넣었다
눈을 깜빡일 때마다 패가 뒤집히고 있었다

더 이상 내려놓을 패가 없어 턴이 돌 때마다 새 패를 먹
었다
내가 가진 패는 기하급수적으로 늘어나고 늘어나서

처음에는 신용카드 정도의 크기였던 패들이
이제는 앞니만큼이나 작아져 있었다 나를 간지럽혔다

나는 그녀의 옆에 누워 있고
그녀의 감은 눈은 푹 꺼져 닫힌 문 평화로운 성문

이불을 걷어내고 팔을 꺼냈다
두 팔을 뻗어 그녀를 안는다

왼팔이 그녀의 허리 아래를 지나가는 동안에도 그녀는
자고 있다
오른팔이 그녀의 허리 위를 덮는 동안에도 그녀는 깨지
않는다

왼팔과 오른팔이 서로를 만나 손가락이 깍지를 끼고

그녀를 안고 있어서
나는 잠을 청하지 않아도 된다

미동도 없이 그대로
밤이 계속되기를 빈다

갈 곳 없는 패들이 한 줄로 굳어진다

피가 통하지 않아 단단한 나의 팔이
그녀의 목을 꽉 졸라 안았다

그녀는 입이 점점 벌어진다
이빨이 모두 빠져버릴 것만 같다

희번한 아침 빛으로 그 모든 것을 볼 수 있다

나는 아직도 안고 있다
내가 내려놓지 않으므로 턴이 끝날 리가 없다

그녀가 떨리는 눈을 연다
지쳤니?

하모니

진눈깨비 내리네

까만 창
가득 채우면서 내리네

눈과 눈 사이의 비어 있는 공간을 본다

눈과 공간은 함께 움직이는 것 같다가
사이,
눈은 혼자 떨어지는 것 같다

수납장에 있었던 물건을 꺼내서
붙어 있던 먼지를 닦았다
이것들을 들여놓을 때는 높낮이도 순서도 신경을 썼다
오래 만지면서
네 얼굴을 비추는 이 공간에
여기로 다시 오긴 힘들 것이다

바이올린을 닮은 채로 크기만 큰 모양
금방 안아버릴 듯 팔을 들고 연주해야 돼

나는 기억력이 좋아서
그때 가지만 남은 나무가 너무 얇았던 것도
멀리서 바라보면 거미줄 같았다는 것도 안다
우리 같이 돗자리에 앉아 그걸 보다가
얇은 스타킹을 다 찢어버렸던 일
세로로 찢길 것 같다가도 가로로 찢어지던 거
손가락만 대어도 찢어지다가 어디쯤부터는 질겨지던 거
허벅지부터 발목까지 너덜거리면서도
벗을 수 없어서 신은 채로 돌아갔다

눈이 덮어주면 조용해지잖아 너무 좋잖아
그걸 전부 끓이고 싶어

냄비가 뜨거운 불에 흔들릴 때까지
냄비 바닥이 공터처럼 까맣게 남아돌 때까지

애들아 가까이에서 봐

활로 오래 울리면서

콘트라베이스는 짙은 갈색 소리

거기 붙은 유리 소리

안녕 스지

아니
너도 그만해, 이제 다 끝났어

장마면 장마답게 흙을 파헤쳐줘야지 강물을 불려야지
매달린 것들을 휘몰아쳐 떨어뜨려야지

자리가 채워지지 않는 때
들고 있는 유리컵이 점점 무거워지고

땀으로 미끄러지는 손가락
공기는 작은 네모
상자 안에 갇혀 얼어붙어가고 있는데

나는 소나기로 성을 짓고
조립도를 그리고 있어

내일도 이 길로 가면 돼
지금과 같은 발 맵시로 가면 돼

도착하면 돼

네가 나를 믿어서
얼음이 녹고 바다가 가까워진다
상자째로 쏟아지는 화물들처럼
기울어진 커다란 다리처럼

그 나무 벼락을 맞고 난 담에 행운목이 되었네

스지야
너를 거칠게 만드는 사람들을 살리고
그들에게서 떠나라
그렇게 살아라

응
기다렸던 거야
제일 좋은 시간에 제일 나은 너를 붙잡으려고

옷가지에는 또 못 보던 얼룩이 생겼다
안전띠 메듯이

네가 나를 묶어
여기 서 있다
영영 소지燒紙하려고

부록

해설

—사진 이옥토

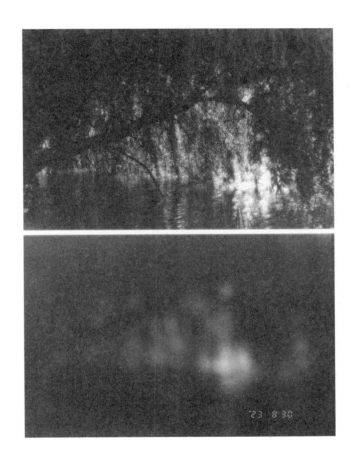

'23 8 30

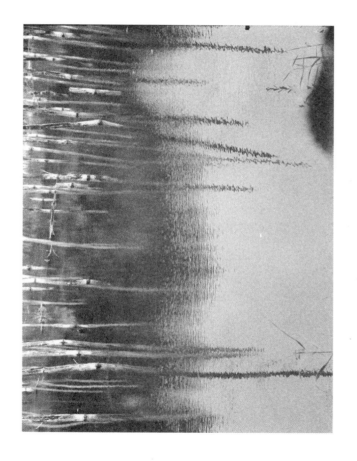

아침달 시집 38

하이햇은 금빛 경사로

1판 1쇄 펴냄 2024년 5월 3일
1판 2쇄 펴냄 2024년 6월 20일

지은이 나혜
편집 송승언, 서윤후, 정채영, 이기리
디자인 정유경, 한유미

펴낸곳 아침달
펴낸이 손문경
출판등록 제2013-000289호
주소 03980 서울시 마포구 양화로7길 83, 5층
전화 02-3446-5238
팩스 02-3446-5208
전자우편 achimdalbooks@gmail.com

© 나혜, 2024
ISBN 979-11-89467-60-9 03810

값 12,000원